ユーモア川柳
乱魚句集

今川乱魚

新葉館出版

序

新川柳百年に当っての出版を賀す

復本《ふくもと》　一郎《いちろう》

私の愛蔵本の一冊に正岡子規門の四天王の一人佐藤紅緑の著わした『芭蕉論稿』がある。明治三十六年（一九〇三）六月、日本橋の金港堂が「文芸叢書」の一冊として出版したものである。同年九月、同叢書の一冊として阪井久良岐著『川柳梗概』が出版されている。これまた私のこよなき愛蔵本の一つ。表紙に武蔵坊弁慶の俳画を配した瀟洒な一本である。そしてこの本こそが、子規の『獺祭書屋俳話《だっさいしょおくはいわ》』にも匹敵する川柳革新の第一声の書なのである。久良岐は同書の「緒言」で、

我等の生存する滑稽の天地には、英雄なく君子なく悪人なく美人なし、偽善虚礼の七

面倒臭さきなく、嫉妬怨恨の焦つきなし、観じ来れば天地間の森羅万象皆滑稽の詩材ならざるなし、況んや裸虫の名利に苦悶せる俗悪の人間界、何ぞソレ一に滑稽詩材に富めるや、（傍点復本）

と記し、「川柳の革新」の章においては、

彼の天明の時代、和歌といひ俳句といひ狂歌といひ狂句といひ、皆悉《ことごと》く発達して遺憾なかりしが如く、明治の新狂句も亦《また》他の韻文と伴ッて発達せねばならぬとおもふのである。ソレ故に、余は此《この》川柳なる者をして、よく宝暦明和安永天明に復活せしめ、更に一歩を進めて明治の新狂句を作り出すに務めたいのである

と述べている。子規の俳句革新を強く意識しての川柳革新宣言である。そして、この久良岐の川柳革新第一声から、今年平成十四年（二〇〇二）は、足掛け百年目に当ることになる。

その記念すべき年に現代を代表する川柳作家のお一人である今川乱魚先生が『ユーモア川柳乱魚句集』を上梓されるという。まことに慶賀に堪えない。久良岐が喝破しているように「観じ来れば天地間の森羅万象皆滑稽の詩材ならざるなし」である。乱魚先生の慧眼《けいがん》

は、平成の世の森羅万象の中に「滑稽の詩材」を抉剔《けってき》し、それを詩としての川柳作品へと形象化されたのである。これこそが私が言うところの現代川柳における「穿《うが》ち」である。

巻中の、

アルバムに愛を剥がした跡がある
蛙の顔してお金を借りに来る
画面見て患者の顔を見てカルテ
血圧を十ほど上げて会いに行く
いい土に還ろううまいもの食って

など、久良岐の名句、

学校出姑と絶えずいがみ合ひ
妻が絵を見てくれるには友弱り
新世帯当分友へ疎遠なり

を凌駕してあまりある「不易」性を獲得し得ている。

近時、川柳の本質論争まことに囂《かまびす》しいが、「穿《うが》ち」によって齎《もたら》される「滑稽」こそが、川柳の原点であることは確認しておく必要があろう。その点でも、川柳革新百年の今年、乱魚先生の『ユーモア川柳乱魚句集』が公刊されることは、まことに意義深いことである。

（神奈川大学教授・俳文学）

笑う葦

岩井　三窓

番傘（平成十年十二月号）の誌友近詠に、

人間は考え笑う葦である　　夢野原子力

という句があった。人間は考える葦である、とはパスカルの箴言である。それに、笑うだけを足したものにすぎない、と言ってしまえば、身も蓋もない話である。

が、この句、作者にとっては会心の作だろうと思うし、選者（私）も嬉しく、大きなチェックをした。作者へ走り寄って固く握手を交わしたいくらいである。

考えるから人間であり、笑うから人間である。人間が人間として誇れるのは、笑い、を自由自在に駆使できるからではなかろうか。

笑いの川柳とか、川柳に笑いが乏しいとか言われて久しいが、人間そのものの存在が、笑いであり、ユーモアである。

蛇足だが、パスカルのことばを拾ってみる。人間は一本の葦にすぎない。自然のうちでもっともひ弱い葦にすぎない。しかし、それは考える葦である。（パンセ）

もうひとつ蛇足、作者は女性で、大学職員。姓の夢野も雅名。すべてが微笑ましい。平成五年から始めた「虫くい川柳」も、二百七十種に達した。毎月四種、四十八句を取り上げて、ことばの妙味を味わっている。

その中で初心の方々に、最も手ごたえのあるのが、今川乱魚、高橋散二、延原句沙弥、三氏の虫くい川柳である。説明を何一つしなくても、面白い、よく分かる、と川柳の醍醐味に浸ってもらえる。教材というとおこがましいが資料として最上のものと言えよう。

虫くい川柳とは、その句の一字か二字を枠を囲んで空白にして印刷、その文字を考えてもらう。たった一字か二字なのに、原句のことばが容易に出てこない。

A　見舞いには日本□□券がよし　　乱魚

Ｂ　換気扇つければ□□そうな家　　乱魚
Ｃ　アルバムに□を剥がした跡がある　〃
Ｄ　大□をぶちまけてみる物忘れ　〃
Ｅ　涙より□は哀しそうに出る　〃

Ａは日本銀行券なのだが、意外にこのことばを知らぬ人が多く、日本盛の券、という大傑作も生まれた。Ｂは「走り」。倒れ、潰れ、歪み、など続出したが、なんと言っても、走り。こころから笑いが込み上げてくる。

ＣＤＥは本文にあり、ゆっくりとお考え戴きたい。ヒントとしては、Ｃは物体ではない、Ｄは月へん、Ｅはさんずいへん。

日本語の面白さ、乱魚川柳の巧まざるユーモア、たっぷりと味わってほしいものである。

考え笑う葦がまとめた小冊子、それを手にする考え笑う葦。人間バンザイである。

（番傘川柳本社参与、前誌友近詠選者）

II　ユーモア川柳　乱魚句集

ユーモア川柳 乱魚句集

目次

ユーモア川柳乱魚句集

【装画／西田淑子】

ユーモア川柳

乱魚句集

あの章

アルバムに愛を剥がした跡がある

遊び心にあんまり金はかけられぬ

愛の話と銭の話は噛み合わぬ

青い息吐ければ金が借りやすい

あ
い
う
え
お

赤が好きだった佛に赤い花

足が寒そうな都会のシンデレラ

アマリリス万万歳と花をつけ

鮟鱇の辺りを払う口を開け

あいうえお

あじさいの連れには許す雨おんな

蟻地獄一つの寺に僧一人

あぐらかかせて貰っています夏の雲

あの恋よこの恋よ二都物語

ア行に愛カ行に金の句を据える

会わず会う会うとき愛の変化形

遊びともいえず勉強会といぅ

秋雨も老いの別れもしょぼしょぼと

足音は妻形相は妻でない

あんぱんを四つに割って四つ食う
歩くときは歩けケータイ切り給え
朝っぱらからやっている大リーグ

あ
い
う
え
お

暑いような寒いようなで着るチョッキ

赤ちゃんがひとりではしゃぐ通夜の席

一糸まとわずに入湯税払う

医者の言うように生きても五千日

いい土に還ろううまいもの食って

一抜けて古書の匂いを吸いに行く

いちじくの葉っぱの位置は動かせぬ

胃のフィルムお前もつらい二日酔い

あ
い
う
え
お

生きがいをさがす貯金を下げてくる

いちご大福を疑い深く割る

いいものを見すぎた咎を目に受ける

一回はノーといわねば気がすまぬ

祈ってるうちに眠気に襲われる

一点を視線が焦がす回し読み

いのち拾って柘植の頭を刈っている

異国文字楽し釘曲げたるに似て

一巻の終り香典託されて

胃を腸を念じ大きなにぎり飯

嫌みには嫌みで返すEメール

生きていてくれというのはひと握り

いい貧乏させて貰った父と母

いずれ焼かれる火葬場を下見する

一秒でもいっしょにいたい回り道

犬言葉命令形を十語ほど

芋虫も毛虫も大好きなサラダ

いけにえを召される神は胴長で

ハワイ船旅

上様を誰にしようか領収書

馬の顔して読んでいるタブロイド

ウインクにひょこひょこついていく俺だ

うに巻きを食うむずかしいタイミング

うまいでもまずいでもなく二杯食う

受付の前で始まる立ち話

あ
い
う
え
お

四国へ出張

うどん提げたままで出先の美術館

うまいものには単純な声をあげ

売れぬ本がどさりと届く着払い

うしろにぼーっと立っているのが夫です

動いたら兵も座禅も叩かれる

うまい話信じた客と踊り子と

縁日で一番怖い面を買う

エアコンと待たせる講師控え室

えびフライえびの無念を尾に示す

駅そばをずずずと明日が見えて来ぬ

お碗ではないパラボラといい給え

男に利く薬が出たと聞かされる

おどけてる父へ子の目がさめている

横着な賀状ゴム印三つ押し

女名を洩らせば動く背後霊

同じもの食うとおんなじ句ができる

女の気持ちわかったふりも欠かせない

音百景ごはんを作る音もよい

同じ墓に入ろうというプロポーズ

男うろうろ女うろうろおぼろ月

女に物贈った釣りはユニセフに

大江大江と俗物が何をいう
女との口約束は鉄鎖
男の席で前立腺の話する

俺らしい病いを病いから選ぶ

お日様を呼び捨てにするばち当たり

男下げても真相は語りたし

面白いほどに忘れる他人の名

男どもがサイズサイズといい過ぎる

おやそこにおられましたか副総理

男とはつまらぬものよ人体図

男ならねぎを買ったら酒も買う

あ
い
う
え
お

おばさんもTシャツを着る総選挙

面白くも何ともないと生きている

王様の気分で犬を従える

恩人へ年に二枚の葉書だす

かの章

金のことは父にいっても始まらぬ

千葉北総病院にて

回診がすむや池波正太郎

会長も副会長も風邪薬

金貸したあとにはうんもすんもなし

か
き
く
け
こ

厠から朝の天気を占おう

悲しがり屋と寂しがり屋が蕎麦すする

金包む指暗算のうまい指

蛙の顔してお金を借りに来る

画面見て患者の顔を見てカルテ

学校で火花を散らす親心

餓死率が一番高い文学者

金なきを首なき如くののしられ

回復期うずうず金が使いたし

かわらけを投げて供養になるならば

カリスマのあぐらが好きな濃むらさき

金の字のいつに変らぬ鏡文字

軽い恋小腹にロールパンひとつ

価値のある誤字にはママとルビをふり
かつらではないと何度も念を押し
噛むに音せぬを選んで葬の菓子

蟇と目が合って互いに目をそらし

金冷えか時雨の冷えか腹ぐずる

紙おむつにはＣＤの子守唄

階段へ善意集まれ車椅子

か
き
く
け
こ

飼われてる男パジャマのままモップ

カーテンの森で深傷をなめている
がん告知仮りにの話ばかりする
神様とつるんで男バカをする

火曜には燃え金曜に金がいる

隠し子がいてそれらしき権力者

元日も残尿感は変るまい

風の向き妻の褥も流氷も

厠には禅のこころが落ちている

片づくといえばリアルな人の死よ
肝心なものがなかなか溜められぬ
過去帳の順番どおり手を合わせ

替え歌を唄うと元気湧いてくる

喜を二つ書く看板につり込まれ

台北にて

曲線ＡＢなる妻のもの畳む

起立礼級長のその後を聞かず

求愛という赤恥を何度かく

救急車までが浮かれた音でくる

キャンピングカーへ夜逃げのように積む

逆コース歩くと妻に出会いそう

牛タンを千切る永久歯を磨く

気のおけぬ人におむつを見てもらう

鏡台に並べばビンもポーズする

切った胃に容赦ありたし渡り箸

牛乳を噛んで余命をもたせねば

効いた気がすれば効いてる惚れ薬

義母の口癖を妻からうつされる

聞くに耐えぬ歌へ免疫力をつけ

機関車がまぶたの裏の車庫にいる

キッスから始まり罵倒して終り

擬人法動物の名で渾名する

口寂しい犬だな靴をくわえてる

栗がたんとありますように栗ごはん

口を見てあなたが例のキャスターか

クリームの匂いで母を言い当てる

句に赤を入れると呻き声がする

口コミのうまいパン屋は匂いだけ

くちづけはそのとき勝負花を買う

くしゃみでもすれば吹き飛びそうな利子

くちびるは瞬時に盗むものにして

かきくけこ

食ったものも食いたいものもすぐいえず

勲章の春と秋には虫めがね

苦労ばかりかけてすまぬと墓奢る

グラビアの水着にピタリ目が止まる

愚にもつかぬことを話した電話代

食うだけのくちびるなんか寂しすぎ

賢者から安くてうまいもの届く

血圧を十ほど上げて会いに行く

煙に巻くときに英語をちらつかす

芸人も名立たるは墓墓らしく

憲法の裏マニュアルに馴れすぎる

けんちんを煮返して食うのも余命

検問でピーピーと鳴る小銭入れ

結婚へ離婚へ祈るほかはなし

ご芳志のページは念を入れて読む

工事中の塀にやさしいのぞき穴

幸福の幸辛抱の辛に似て

恋人にも医者にもやたら待たされる

紺と茶のけんかに割って入るグレー

広報紙きれいな焼き場できました

ゴールするたびに男が抱き合って

子を介し犬を介して顔見知り

小魚で祝う子猫の誕生日

五連休飲む飲む飲まず飲む飲まず

恋を振り返れば二勝五敗にて

恋なきは灯のなき如しクリスマス

子育てを終え首を撫で腰を撫で

恋の話聞きたいものは寄っといで

極楽よの往生よのと葬のあと

稿料の税の還付へ春の嘘

五六分は怒り鎮める正誤表

語尾上げてウエイトレスはどこへやら

ゴーギャンの短い胴が安らげる

五十でガク六十でガクガクと膝

稿債を抱き大晦日三ケ日

恋人のいないドライブ母を乗せ

鼓動二つほかは万物音もなし

ご先祖のそのご先祖にいた酒豪

これからというとき夫置き去りに

香典の相場を便利屋にたずね

後半は妻にとられたサーブ権

後頭部髪も理想も消えかかり

コトリ音させたのは佛ではない

小川国彦成田市長令嬢の死を悼み
ごめんお先にたくさん愛をありがとう

さの章

酒タバコ大人の真似がしたかった

賛美歌は歌いアーメンとは言わず

漢方薬服用

サルノコシカケには癌も気を許す

再生のきかない髪をお大事に

酒と書き酒が通じる漢字圏

雑文に追われて墓に義理を欠き

さらば回虫こんにちは花粉症

山頭火には会計をまかされぬ

座棺にもなる風呂桶はないものか

サンルームひじ掛け椅子の涅槃にて

酒で死んだ友を弔うには徳利

里芋の顔古里の土の色

サラ金のティッシュ涙を拭くがよい

雑用にヒーヒーいっている詩人

さむらいの涙を吸わす白木綿

十月や頭髪の日に入れ歯の日

新札を使うと財布あとがない

ジャジャジャジャジャーンベートーベンに決まっとる

処女句集なれば予算はあってなし

仁丹で冴える頭をもっている

書斎兼物置息を抜くところ

少女の胸から転げ出てきた小夏

CTの洞窟へ脳から墜ちる

忍び笑いして税金のつかぬ金

正一合世に正しきは正しきに

柴又の短気毛だらけ灰だらけ

人脈の根に盆暮の水をくれ

写真判定で女をさらわれる

女性歴に触れぬも礼を欠きそうで

死に欲を枕の下にのぞかせる

蛇之助は一足先に身罷れり

十カロリーほどのキッスが待っている

十回と妻の名前を呼んでない

じゃがいもに下手なお世辞は通じない

死者の出た事故にも一位二位三位

招待券隣りの客はよく眠る

親展でポルノをどうぞ乱魚様

上段から下段へかすか女の香

シャガールの生きものたちは飛びたがる

ジルバマンボ妻を回したことがある

さ
しすせそ

真贋は問わぬ二月のチョコレート

真剣にのぞく蛇屋のウインドー

シンガポールの旅

昭南島海という字を悔と読む

子規の食ったもの子規堂で腹が減り

人体模型飾れば客間話題あり

芝居終る心の奥のヒロインよ

舌噛んで英国風のサシスセソ

首相辞意下々は酒追加する

秀才はめったに風呂に入らない

じゃんけんに負けて書斎を削られる
自己破産浮世の義理よさようなら
死に方を覚えゆっくり生きている

震源はお化粧の濃い美人とか

失恋も軽いのは診るクリニック

辞書にない言葉でレディー殺そうか

染み白髪皺から死へとしのび足

すり足で妻の地雷をさぐり当て

スーパーマン老いてはすぐに風邪をひく

スリーサイズのＢブレインを置き忘れ

競輪へ

すり鉢の男目覚めよジャン響く

青年部老眼鏡の用意あり

聖火も何もない階段を駆け上がる

摂護腺切って男の向こう傷

先生は大先生に叱られる

さ
し
す
せ
そ

ゼロ金利持たざる者は強かった

船頭の駄洒落見え透き川下り

銭いらず一日雪に囲われて

川柳無頼靴の踵を磨り減らし

北海道の旅

聖女らにご飯を告げる鐘が鳴る

正義という曲者きょうも人が死ぬ

青年の美学不精なひげ生やす

善人はときどきズボンずり上げる

先生をカモにしている熟女たち

そら豆の天衝く如き力こぶ

それとなく値を聞いている五つ星

葬列の中ほどにいる安堵感

たの章

大脳をぶちまけてみる物忘れ

男子一生こんな家かと泣けてくる

頼りなき友よ炭酸せんべいよ

食べ物の基地は匂いですぐ分かる

男性は帽子が似合うトイレット

大競争時代へ予備の入れ歯など

耐え忍ぶ位置に膀胱ついている

大団円死者も盗人も一列に

戦いは破れてぼろのコンサイス

卵に目鼻つけた血筋は母方に

タキシード着る招宴は拝辞する

多数決愚者の仲間は心地よい

談合をする電線の雀ども

台風の緊張感で秋が好き

たとう紙四隅を折ればきれい事

腸切った院長に胃も診てもらい

た
ち
つ
て
と

著者編者その上句集発送屋

致死量の毒舌なれば受けてみよ

チョコレート貰えるリストからこぼれ

茶の作法ごろんと受けてプルトップ

沈黙は金なり蟹の足せせる

著者いとし書店の棚の隅なれど

チャイム鳴る前に弁当食べている

超音波憎い小石は白々と

たちつてと

地図の街誰と歩いたかは言えぬ

次の次も次も茶が来る喪の返し

通帳のほかはいらない形見分け

妻の皺半分ほどの責めを負う

妻に支給されたカバンを忘れずに

妻の出すものを食ってる肚の虫

妻と来たレストランなら星一つ

妻をほめる男に塩は送れない

妻の許可貰って赤いシャツを着る

妻の枕にしたこともある左腕
妻の笑うつぼは誰にも教えない
妻の涙拭くハンカチは花柄に

妻に手を振ろう役者になり切って

妻を抱くこの世あの世は一宇にて

胆石で入院
妻にはさすらせ友には祈らせる

綱引きに鈍い男が駆り出され

妻無言無言電話の比にあらず

妻のいるシャワーの音がやわらかい

妻を競った男も生きているらしい

妻に飴もらって眠い朝を出る

妻ケロリ夫が泣いている離婚

天国に近い髪から抜けていく

出かかった本音をしまう喉佛

店員を妻に見立てて春の柄

定食を食い定時に退けてくる凡夫

天井抜けるほどを騒いで気が塞ぐ

テープ起こす言わぬを言ったことにして

電話でもしないと主婦は気が狂う

電池切れしたかと尻の辺を撫で

天井の次に見るのは脚線美

テレビから盗んだらしい晩ごはん

点滴の色に水割りレモン割り

友達に財布の底も見せておく

どっちつかずの顔で握手をして回り

胃潰瘍手術
どなた様からの輸血かありがとう

途中まで書いて答を見るクイズ

床の間に古新聞が積んである

同窓会名簿に生死生不明

豆板醬やわな男は飛び上がれ

ドラマなら幕それからが恥多し

動物的勘で検札から逃れ

ときに哀れときに陽気になる入れ歯

年寄りの一対一は何もせず

同志諸君カンパイしよう旗開き

匿名の好きな男は五割引き

東京の視線へ何くそと返す

胴上げはなまじなことでやめられぬ

どの歌にも合う手拍子をもっている

たちつてと

なの章

涙より涎は哀しそうに出る

内臓を忘れ食いたいものを食う
夏が終ったら銀行を訪ねよう
投げ売りのビラ本能が目をさます

長い顔してアジアから来たお米

七つ道具ギラギラさせて回診医

中締めのあとでおいしいものは出し

内視鏡胃はワイセツに脈を打つ

長生きをしてお天気をよく当てる

二礼二拍手一礼小銭ありません

日本語のほかには喋らない長寿

庭付き庭付きと日ごと呪文を唱えてる

二紙をとり二紙のイチロー野茂を読む

二十四時間寝不足にする円とドル

鶏をつぶすほどでもない客よ

にんじんぶらぶら定年が来てしまい

日曜日晴れ職人は現れず

入院費感謝の念を新札に

二十分見舞い二時間飲んでくる

尿道のゆるみへ自問自答する

人間を焼くときにいる長い箱

にがくない蕗を夏秋冬と食う

抜けた句の数を無邪気に言い合って

逃げられぬ思い出がある通信簿

猫食いで病院食を平らげる

胆のう術後

猫の目の輝く先の毛糸玉

ネクタイをジョキジョキ刻む嫉妬心

年頭に当たりぞろぞろ常套句

猫のめし作り夫の分も盛り

飲むとすぐぺらぺら喋りだすスパイ

のど佛逆さに撫でて墓値切る

飲んだだけ金をとられる冷蔵庫

なにぬねの

のれんくぐれば負け組の別世界

のど飴が少しは利いた肚の虫

海苔巻きに駆けっこビリの記憶あり

蚤の市でも値のつかぬ古テレビ

なにぬねの

はの章

歯を削る音はこの世のものならず

花一本亡父より削り叔父の墓

バージンロード父はおどけんばかりにて

バケツ二杯ほどの慶事か紙吹雪

は
ひ
ふ
へ
ほ

万歳で足りず三本締めもする

パロディーの中王様も素っ裸

母は手を十本もって家事こなす

パンジーの散りぎわが泣き顔になる

抜群の寝つき電車は車庫に入り

歯を閉じて今日の今夜の食い納め

鼻つまむと生きているのがすぐ判る

歯を見せて笑えるように歯を磨く

はひふへほ

母の小銭くすねた罪は償えぬ

鳩笛を鳴らしてみても妻は来ぬ

早業で二丁眼鏡を掛け換える

恥かいて覚えたことで食っている

跋文の隅に恥ずかしがる妻を

徘徊のかくも楽しき雪の朝

箱根より東うらめし雪予報

花狂いしだれ桜を脳に受け

墓の裏大義も逆も密通も

パーツあふれ訊ねることもままならず

バカ雪のバカ葬式もわきまえず

ばら撒いたコインは拾いがいがある

は
ひ
ふ
へ
ほ

ハイの日の電車一番前に乗る

廃刊の兆しカラーをモノクロに

花を見た目玉もござに丸め込み

肌を嗅いだ鼻に花粉の意趣返し

腹の出た人体模型などさがす

バチカンで買って帰った不燃物

働くとき遊ぶ洛中洛外図

ハッピーハッピー腹が減ってた英会話

は
ひ
ふ
へ
ほ

腹の輪切り見せては叱る担当医

墓よりは気楽に建てた二階建て

歯のある母と歯のない母がアルバムに

墓の道右も左も悪仲間

バラをつけられたら祝儀けちれない

抜糸した糸回診の戦利品
胆のう手術

早い者勝ち方角のよいお墓

バンザイのうしろでだるま睨みつけ

パイプオルガンで神様降りてくる

番号で呼ばれたときは返事せず
墓の順銀行並びなぞいかが
日の出待つ心で開く袋とじ

は
ひ
ふ
へ
ほ

人質もゲリラも五分のひげとなり

ビニールの中でもまれる一夜漬け

百回あくびすると窓際日が蔭る

人肌の酒ととことんうまが合う

はひふへほ

人前で化粧しているのは猫か

ビンはビンカンはカンなり身は腹に
一つ屋根の下燃えかすが二つある
ひょっとこは虚像にあらずひげを剃る

は
ひ
ふ
へ
ほ

開き直れば無印の良品か

ひげ一本一本にある原理主義

Ｂ５縦書き頑なな父として

狒々の檻座薬を一つ進ぜよう

はひふへほ

平手打ち父はあくまで父である

豹柄の女よ銀座ジャングルよ

日々けちに生きる貰ったカレンダー

陽が落ちてねぐらに帰る街宣車

飛行機に乗らぬほんとのテロリスト

ピチャピチャと食べても猫は叱られぬ

ピカドンをトップに据えるオノマトペ

風呂を焚きながら覚えた英単語

はひふへほ

ブーイング選者は面の皮厚く

ブロークンでいえば日本語で返り
ファックスに電話に念のため手紙
夫婦相和しとや昔その昔

ふかふかのベッドに置いて来たガッツ

仏餉《ぶっしょう》も電子レンジもチンという

ふた幕かふた場か恋の数え方

古いネクタイよ昔の恋人よ

はひふへほ

プラネタリウムよりはリアルな傘の穴

胃潰瘍手術

腹筋が戻って来たぞ尿飛ばす

佛像の魂を抜く経もあり

含み損として句集の山がある

フルコース控えよという天の声

触れるなとあり白秋の文字細く

冬型の気圧配置だ妻の眉

ブラボーブラボー第一幕は眠りこけ

古きよき時代警官ひげをつけ

ふわふわり義母をだました羽根布団

プライドなる棒に背骨を支えられ

豚まんに豚汁われら仏教徒

はひふへほ

臍の笑い方をこっそり眺めてる

ペナルティーキックを妻に入れられる

弁当が墓を楽しいものにする

ベロ毒素おさまり次がピロリ菌

頬かむりすれば日曜ガーデナー

星の夜のショパンで恋の九分九厘

ボルシチを頼む怒ったアクセント

本を読む眼鏡にものを食う眼鏡

ぼろ負けの五回表へ雨を乞い

ポケットいっぱい妻が喜びそうな服

骨を試す呼吸を試す坂がある

ポスターの裏に透けてる式次第

冒険は道具そろえたとこでやめ

ボサノバとぎっくり腰は縁がない

没句裂くその屍は水葬に

本番もロボットがいる選者席

本当の死因は妻に捨てられて

骨つきのハムＣＴは薄切りに

ほいほいと推薦人を引き受ける

本の虫二匹本屋の待ち合わせ

は
ひ
ふ
へ
ほ

本物のライオンは歯を磨かない

本来の話術相手に喋らせる

忘年会質より量を鍋にする

頬痩けて一代限る評論家

帽子裏返せば善意降り注ぎ

没稿が安眠できる小引出し

凡人もときにタハハハと笑う

奉加帳気のいい順に書かされる

はひふへほ

まの章

まん丸な月だ一升ビンをもて

股裂きの目に遭っている詩の主宰

窓際でただの新聞ありがたし

まんじゅうを割って毒ではなさそうだ

麻酔かけられてもいえぬ女の名

窓口でむっつり換える当たり券

丸顔の夜叉とは同じ屋根の下

真似事の鍬が楽しい地鎮祭

まみむめも

待つ組と待たす組あり時計台

万歩計もぐったりと着くマイホーム

まだ泊まりたい顔をする貸しビデオ

水虫とは間もなく真珠婚になる

まみむめも

水を飲む人から金は取りにくい

見掛けない面の魚だバラクーダ

身なりにはクレジットとは書いてない

貢ぎ物で恋の清算市が立つ

ムッシューと呼ばれるパリに憧れる

ムンク叫ぶ口へあくびを噛み殺す
目が合った鬼といっしょに飲みに行く
眼鏡替え本気を出してふぐを食う

まみむめも

目を閉じた世界が男には貧し

眼鏡越し世に浅ましい記事ばかり

飯粒をこぼすと飛んで来たげんこ

メスの跡《手術のあと》おもちゃの汽車が走りそう

目の奥で笑って女返事せず

持ち合わせの落款を押す領収書

急性腎臓症治癒

もう少しで開かれていた偲ぶ会

モニターの顔に調整中とあり

文字化けやフランスひげを剃り落とし

物干しに突っ張る俺のシャツがある

モザイクの蔭からしゃがれ声を出し

モノクロの袖でこすった水っ洟

やの章

焼き芋で女ごころはくすぐれぬ

薬湯にゆっくり浸す後頭部

焼きそばの匂いが祭らしくする

やる気ない若者どもは酢でしめよ

や
ゆ
よ

やぼったいものを羽織ってポストまで

病む足をどこに向けても白い壁

安めしを誰はばからず電気街

病んだ日の古新聞に未練あり

や
ゆ
よ

やや惚けただけをよほどの惚けにされ

病んだ胃へ一度のものを二度に食う

夢たとえ単細胞と呼ばれても

夕立へ男腕組みする間あり

やゆよ

山田良行日川協理事長東京で急死
ユーモアを地で行き医者の無養生

油断した頃刺しにくる蚊の二世

容色を問わぬラジオに普段着で

指切りをしたバッカスと夜毎会う

や
ゆ
よ

よれよれの千円札を出す弔意

預金少々頂くペラのカレンダー

欲走る愛はあとから小走りに

義姉の死

読みかけの本開けたまま棺の隅

酔いの果て握手の上に握手する

世を嘆く一億分の一市民

世が世なら世が世ならにも聞き飽きる

横顔に大反対と書いてある

わとらの章

臨機応変にふたつの神祭る

ラーメンを食べに出るにも紅を塗り

リードから戻れる位置に妻がいる

リストラに遭いそうもない野良の目だ

立春に回す遅れた年賀状

理屈二の次にとにかく産みなされ

リンゴパイ妻の昔の香りする

利子つかぬ金に不義理を重ねてる

列島を横からおどす寒気団

ルーレット回れよ回れいや止まれ

ロマンスに縁なき衆生タコを食い

六十のこれより恋は儲けにて

ローテーション月に四回服五着

老後うろうろいくばくか金持たされて

録音はしたが一度も聴いてない

ロボットの犬と慰め合う老後

腕白時代百貫デブの母がいた

ワープロで手書きの倍もひまをかけ

私先逝きますからと脅す妻

わいせつな街よニョキニョキのっぽビル

若者に席を譲って若返る

我が輩と呼べば曲ったことはせぬ

我に似た影が立ってる通過駅

割勘が嫌ならここで別れよう

ら
り
る
れ
ろ
わ

跋

乱魚川柳の魅力

江畑　哲男

後々までも語られるエピソードというのが誰にでもあるらしい。今川乱魚前代表と私との関係で言うならば、東葛川柳会発足五周年の夜がそうだった。

〈川柳に惚れました。今川乱魚という男に惚れました。〉

あれは、平成四年十月二十四日の懇親会の席上。酒宴もお開きに近づいて、閉会の挨拶のお鉢が事務局長であった私に回ってきた。突然だった。登壇して、思わず口から出たホンネが、第一声がこの言葉だった。多少のアルコールと東葛川柳会の活動が軌道に乗ってきた安堵感も手伝って、最後は涙ながらの御礼の挨拶になってしまった。

しどろもどろだっただけに、参加者には「真実の叫び」と映ったようだった。

予定された挨拶では、もう少しマトモなご紹介をしているつもりである。平成七年十月二十一日、『乱魚川柳句文集』発刊を祝う会の発足八周年記念大会実行委員長としての挨拶がそれだ。

〈……今川乱魚先生の人となりについては、皆さんもよくご存知だと思います。熱いハートに冷静な頭脳。ここぞという時の判断力。抜群の行動力。類稀なる指導力。いったいいつ勉強しているのかと思うほどの豊富な読書量。私は『ぬかる道』の誌上でも、乱魚代表を様々な角度から紹介してまいりました。曰く「知性の乱魚」、「天性のユーモリスト」、「行動するヒューマニスト」などなど。しかしながら、どの形容詞も人間・今川乱魚の全体像を語るには小さすぎるような気がしてなりません。〉

機関誌『ぬかる道』の誌上には、こんなことも書いた。

〈乱魚川柳の秘密を解く鍵は「貧乏」と「女」にある。〉

また、『現代川柳ハンドブック』（尾藤三柳監修、雄山閣）には、こう記している。

〈川柳の句風は定型・伝統を重んじながらも、「弱く愚かな」自分自身をさらけ出すユーモア句が多い。〉

天下を論じ国家を論じ金が欲し

よれよれの千円札を出す弔意

妻の枕にしたこともある左腕

麻酔かけられてもいえぬ女の名

乱魚川柳は楽しい。乱魚川柳は、人間の本能的な願望に忠実である。人間ならば誰しもが抱く「お金が欲しい」「異性に持てたい」という気持ち――それらを正直に、ぬけぬけと表現するところに、乱魚川柳の持ち味がありはしないか。

だから私は、そんな人間・今川乱魚前代表とその自然体の川柳をこよなく愛するのである。

（東葛川柳会代表）

私のユーモア川柳をどうぞ

今川　乱魚

やっぱりユーモア川柳句集を出すことにした。

三年前にもそう思ったが、乗りかかった出版社が潰れてしまった。自分でも胃を三分の二切ったり、家を建て替えたり、９９９番傘川柳会を立ち上げて、八丁堀、土浦、柏の自宅で勉強会を始めたりして、取り紛れてしまっていた。

話を復活させてくれたのは、新葉館出版の斉藤大輔、竹田麻衣子のお二人であった。売れもしない句集を作ってくれるのは、親切以外の何ものでもない、と思ってお願いすることにした。

今になって出すタイミングの問題も少しはあった。明治三十五年（一九〇二）三月一日、新聞「日本」に川柳欄が創設されてから今年はちょうど満百年、日本川柳ペンクラブでは、去る三月九日に近代川柳百年を記念する会を催し、私も開会の言葉を述べる機会を頂いた。

個人的には今年四月（二〇〇二年）、十四年半担当してきた東葛川柳会代表の地位を同志の江畑哲男さんに譲った。創立以来のことでもあり、ここらで一区切りをつけたかった。昨年四月から「川柳きやり」誌に川柳のユーモアについて連載記事を一年以上書いてきており、ユーモア川柳については多少頭の整理をしてきた。それに、以前雑誌で「笑いのある川柳」という投句欄の選者を務めていたが、近く月刊誌「川柳マガジン」でその欄が甦り、再び担当することになった。さらに理由にもならないが、平成七年（一九九五）に出した『乱魚川柳句文集』が底を突こうとしている、ということもあった。

川柳における笑いの価値については、世の中一般では殆ど議論の余地がないほど常識となっているが、川柳界内部では意見のあることを承知している。肯定派は笑いをユーモアやウイットの視点から捉えている。さすがに今日語呂合わせや破礼句の笑いを川柳に持ち込もうとする人はいない。一方、否定派は詩性の有無や品性の上下を重視する視点から川柳の笑いを貶めているやに見える。双方の意見はあまり噛み合っていない。

私自身は、川柳が客観句であろうが、主観句であろうが喜怒哀楽のすべてを対象として詠まれる文芸と理解している。今日の川柳界で作品に笑い以外の要素が増えてきていることは事実であり、それが価値の多様化した現代を表す一つの特徴と見られていることに異を唱えるものではないが、それでもなお、私は、もし川柳から笑いが消えるようなことがあれば、それは人間性の後退であり、川柳滅亡への道につながりかねないと思っている。とくに人間性から滲み出るユーモア句は川柳の貴重な詩的財産であり、読む人の悲しみや怒りを中和し、ときには生きる勇気を与えるものと思っている。

経験してみれば分かることであるが、一般の読者に受け入れられるユーモア句を作ることはいうほど簡単ではない。自分自身の愚かさや弱さを認めたり、物事を客観化、相対視するだけの心のゆとりがなければ作れない。この点について弱者や他人の欠点を笑うのがユーモアであると勘違いしている人もいる。それはまったくの誤りである。

ここに集めた約五七〇句は最近六、七年に作った作品の中から自分で読んでもおかしみを感じたもの、「正」の笑いの句を抜き出して上五音の五十音順に配列したものである。中にはユーモアの定義からはみ出したものもあるが、あまりこだわらずに自然体で作った句として加えた。お読み頂いて一句でも二句でも共鳴して、笑って頂ければ望外の幸せである。

さて、大事なことが後になってしまった。本書の軽さにもかかわらず、素晴しい序文を復本一郎神奈川大学教授に頂いた。先生は俳文学ご専攻で文学博士でもあられる。平成十一年（一九九九）に出された『俳句と川柳―「笑い」と「切れ」の考え方、楽しみ方』（講談社現代新書）は、ベストセラー、柳俳両界に大変な反響を呼んだ。さらに昨十三年、前著への反響にも答える形で『知的に楽しむ川柳』（日東書院）を発刊された。私は同書の批評を「神奈川大学評論」に書かせて頂いた。また、平成十二年、全日本川柳協会の東京大会や東葛川柳会の秋の大会で先生にご講演を頂いたご縁もあって、本書の序文をお願いした。先生には、「穿ち」によって齎される「滑稽」は川柳の原点であると、エールを送って頂いた。

実は、三年前に頂戴していた文章や絵が三点ある。冒頭に述べたような事情で発刊が遅れたためであるが、責任の大半は私自身にある。

第一は序の二。番傘川柳本社の大先輩でもあり、柳界きっての名エッセイストでもある岩井三窓さん。講座などで句の中の文字を一部隠して参加者に考えさせる「虫食い川柳」は三窓さんが考案した川柳クイズである。拙吟もここに利用して頂いている。序文では講座での実体験を楽しくご紹介頂いた。平成十二年（二〇〇〇）秋には999番傘川柳会の二周年大会でご講演頂いた。そのご縁でファンクラブができ、さらにそのクラブが中心となってエッセイ集『紙鉄砲』が昨年刊行された。同書の書評は最近の「川柳マガジン」に書かせて頂いた。

表紙の絵は、漫画家の西田淑子さんに描いて頂いた。私の前著や東葛川柳会で五年前に出した合同句集『川柳贈る言葉』のイラストも描いて頂き、その個性ある図柄が親しみやすく非常に好評であった。読売国際漫画賞受賞、アジア漫画展参加、フェコ・ジャパン会員として国内、海外で活躍中である。昨年はシンガポール、メキシコ、今年はトルコの展覧会に参加されていると伺った。本書の表紙の絵は三年前に描いて頂いたものである。

跋文は、この四月から東葛川柳会の新代表となった江畑哲男さんが、親しみを込めて書いてくれた。東葛川柳会創立前からの二十年以上の川柳仲間で、私の句風はもとより入院歴や短所までよく知っている。県立高校の国語教師で、私より十七歳若い。最近は全国川柳大会でシンポジウムのパネラーや選者を務め、知名度も上がっている。

いろいろな雑誌から私の句を拾い出す面倒な仕事は東葛川柳会幹事で番傘本社の同人でもある窪田和子さんと太田紀伊子さんにお願いした。和子さんは東葛川柳会の第一回乱魚ユーモア大賞を受賞しており、紀伊子さんは龍ヶ崎市につくばね川柳会を立ち上げ、句文集『風と組む』を刊行している。

こんな小さな句集であるが、以上のように多くの方々のお世話になって陽の目を見ることになったのである。ここに厚くお礼を申し上げる。

最後に妻・幸子のこと。この十年余りのうちに私は三回の開腹手術を受けた。特に最近二回は命にもかかわった。妻の的確な判断と毎日の看病がなかったら、今頃はあの世にいて句集どころではなかった。家の建て替えは計画から移転まですべて妻の采配で、私は能書きをいっているだけであった。さらに、句集作成の費用も足らず前をどこからか捻出してくれた。文句の一つも言わず私を好きな川柳の道に専念させてくれている。一言ではすまないかもしれないが、ありがとう。

平成十四年（二〇〇二）四月一日

【著者略歴】

今川　乱魚（いまがわ・らんぎょ）

1935（昭和10）年2月22日、東京生まれ。本名、充（みつる）。早稲田大学卒。川柳は大阪で初めて岸本水府選新聞川柳欄に投句。番傘川柳北斗会同人、東京みなと番傘川柳会同人（1995～98年会長）を経て番傘本社同人。1987年柏市に東葛川柳会創設、代表（～2002年、最高顧問）、1999年999番傘川柳会創設、会長。つくばね川柳会常任顧問。日本川柳ペンクラブ発足、常任理事。（社）全日本川柳協会副理事長。1992年ヌーベル文化賞（東葛地域）受賞。乱魚ユーモア川柳賞創設。千葉県川柳作家連盟副会長。Science & Technology Journal、北國新聞川柳欄選者。流山市、我孫子市ほかで川柳講座。『乱魚川柳句文集』（1995年）、『川柳贈る言葉』（1997年、編著）。（財）世界経済情報サービス勤務。

住所：〒277-0042 千葉県柏市逆井1167-4
E-mail:rangyo@mug.biglobe.ne.jp
Url:http：//www2u.biglobe.ne.jp/~rangyo/

ユーモア川柳
乱魚句集
○
平成14(2002)年5月5日　初　版
平成16(2004)年3月24日　第3刷
著　者
今　川　乱　魚
発行人
松　岡　恭　子
発行所
新 葉 館 出 版
大阪市東成区玉津1丁目9-16 4F 〒537-0023
TEL06-4259-3777 FAX06-4259-3888
http://shinyokan.ne.jp　E-Mail info@shinyokan.ne.jp
印刷所
FREE PLAN
○
定価(本体952円+税)

ISBN4-86044-163-X